Du CE2
au CM1
8-9 ans

FAIRY TAIL

Jeux de vacances

Adeline Di Vito

hachette

Retrouve tes héros préférés !

Natsu Dragnir

Lucy Heartfilia

Happy

Wendy Marvel

Carla

Erza Scarlett

Grey Fullbuster

Makarof Draer

Luxus Draer

Mirajane Strauss

Mavis Vermillion

Jubia Lokser

ISBN : 978-2-01-714862-3 • Hachette Livre, 2023.

Achevé d'imprimer en Mars 2023 en Espagne par Grafo - Dépôt légal : Avril 2022 - Édition 01

Sommaire

Le message crypté

Connais-tu bien Happy ? Voici de quoi en apprendre un peu plus sur lui.

Conjugue les verbes entre parenthèses au présent pour découvrir ce qu'il faut absolument savoir sur Happy.

Happy ***(être)*** ~~être~~ est un chat bleu avec un ventre blanc. Il ***(pouvoir)*** peut voler et parler.

C'est un Exceed qui ***(arriver)*** arrive d'Edolas, un monde parallèle.

Happy ***(apprécier)*** .... la compagnie de Natsu, et Lucy ***(se moquer)*** .... souvent de lui.

Happy ***(adorer)*** .... le poisson.

Il en ***(garder)*** .... toujours dans son sac vert.

Petit oubli...

Happy dort sereinement : il a ramassé plusieurs annonces de missions qui devraient lui rapporter de nombreux joyaux.

Lis le texte ci-dessous, et résous le problème.

Voici les récompenses prévues dans les annonces :

- une annonce à 1 000 joyaux ;
- une annonce à 2 500 joyaux ;
- une annonce à 500 joyaux.

Malheureusement, dans sa précipitation, Happy a égaré une annonce à 600 joyaux.

A Combien aurait-il pu gagner s'il avait ramené toutes les annonces ?

B Et combien peut-il gagner avec celles qu'il a finalement rapportées ?

Pose tes calculs ici :

Être ou ne pas être ?

Grey, le mage de glace, n'a jamais froid aux yeux quand il s'agit de se chamailler avec Natsu !

Passe les phrases à la forme affirmative si elles sont à la forme négative et inversement pour découvrir ce que Natsu pense vraiment de Grey.

A Grey, je t'admire tellement !

....

B Tu es le plus doué des mages.

....

C Tu n'as pas besoin d'en apprendre plus.

....

D Ton intelligence surpasse la mienne.

....

Une grosse addition

Lucy a invité Natsu et Happy à manger.
Et elle le regrette sûrement déjà !

Aide-la à calculer ce qu'elle aura à payer en remplissant le tableau ci-dessous.

Plat	Prix	Nombre de parts	Total
Poisson	4 joyaux	5	....
Poulet	6 joyaux	3	....
Soupe de nouilles	3 joyaux	4	....
Légumes	5 joyaux	7	....
Boissons	2 joyaux	6	....
Dessert	7 joyaux	8	....
		Total	....

Color code

Chacun de tes héros favoris a deux couleurs.

Remets les lettres dans l'ordre au sein de chaque couleur.

D R E

....

R Y E G

....

E L W O Y L

....

N W B R O

....

....

K P N I

U E L B

....

Découpe tes fiches personnages !

FAIRY TAIL

Natsu

NOM :	Dragnir
PRÉNOM :	Natsu
ÂGE :	inconnu
SURNOM :	la Salamandre
GUILDE :	Fairy Tail
MAGIE :	chasseur de dragon de feu
SIGNES DISTINCTIFS :	ses cheveux roses en pics, son tatouage sur le bras droit
PERSONNALITÉ :	déterminé (et même têtu !), bagarreur, impulsif, téméraire, fidèle en amitié
ORIGINES :	Il a été élevé par le dragon Ignir qui lui a appris sa magie.
NATSU DÉTESTE :	prendre le bateau, l'avion, la voiture... (il a le mal des transports !)
IL AIME :	le feu, Happy (son ami le chat qui parle), sa guilde

JEUX

Happy prend la pose pour Lucy. Mais certains clichés sont en double !

Ouvre bien l'œil pour repérer la seule photo qui n'est pas en double.

Bienvenue !

Aide Lucy à y voir clair.

Associe chaque nom propre au nom commun qui lui correspond.

Natsu Dragnir • • la prêtresse

Luxus Draer • • le mage

Gajil Redfox • • le chasseur de dragons

Wendy Marvel • • le chat

Happy • • l'amateur de combats

Remue-méninges

Pour intégrer une guilde de magiciens, il est important de savoir parfaitement compter. Passe donc le test d'Erza.

Colorie de la même couleur les étiquettes représentant le même nombre. Attention, il y a un intrus !

cinquante-quatre

5 + 9 + 30 + 6 + 4

6 × 9

8 × 9

(5 × 10) + (2 × 2)

7 dizaines 2 unités

54

(7 × 10) + (2 × 1)

53

12 + 40 + 8 + 7 + 5

soixante-douze

L'intrus est ....

Le contraire

Erza sait se montrer aussi douce que cruelle...

Classe les mots ci-dessous dans le tableau en écrivant l'antonyme qui correspond à chaque mot.

haine • généreux • démon • humanité
douceur • réveiller • bienveillant • glace

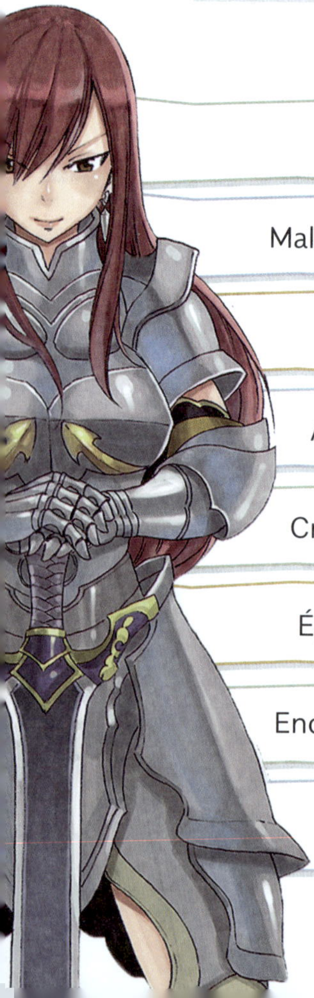

	Antonymes
Feu →	....
Maléfique →	....
Force →	....
Amitié →	....
Cruauté →	....
Égoïste →	....
Endormir →	....
Ange →	....

En toutes lettres

Natsu, Lucy et Happy ont laissé un message à Grey.

Relève tous les nombres de leur message, puis écris-les en lettres.

Cher Grey,

Happy t'a laissé 73 poissons frais. Ils ont coûté la modique somme de 392 joyaux ! Si jamais tu réussis une mission (même si tu n'égales pas mon talent), n'oublie pas de rapporter les 154 joyaux que tu nous dois. Lucy veut encore s'acheter 24 débardeurs (3 ou 4 auraient suffi...).

Merci encore 1 000 fois.

Natsu, avec Happy et Lucy

Nombres en **chiffres** — Nombres en **lettres**

....

....

....

....

....

....

....

The human body

Voici quelques photos des membres de Fairy Tail.
Chaque flèche désigne une partie du corps.

Complète les légendes. Aide-toi du nombre de tirets si tu as un doute !

ARM • LEG • HEAD • FINGER • HAND
FOOT • KNEE • SHOULDER

A _ _ _ _ _ _ _ _

B _ _ _ _

C _ _ _ _

D _ _ _ _

E _ _ _ _ _ _

F _ _ _

G _ _ _

H _ _ _ _

JEUX

Connais-tu bien les membres de la guilde Fairy Tail ?

Fais correspondre les descriptions ci-dessous au bon personnage. Puis reporte la lettre qui se trouve sous chacun d'eux pour découvrir le nom d'un personnage.

O A K I L N

Il apparaît grâce à la clé du Chiot Blanc.

Il a été élevé par un dragon.

Il a du mal à conserver sa chemise.

Elle est surnommée la Princesse céleste.

C'est une Exceed, toujours très sérieuse.

Elle maîtrise la magie de la transformation, mais préfère tenir une auberge.

Apprenti mangaka

Leçon 1 Dessiner les yeux

As-tu remarqué l'importance des yeux dans les dessins mangas ?

Leur forme varie selon les personnages et les émotions ou intentions qu'ils expriment :

Content

En colère

Farceur

Entraîne-toi à reproduire les yeux des personnages sur la page de droite, en t'aidant des modèles en couleurs.

1. Commence par tracer la forme de l'œil.
2. Maintenant, trace le sourcil.
3. Termine en dessinant l'iris (le point au centre de l'œil).

À toi de jouer !

Quel charabia !

Natsu est un mage de feu, et Grey un mage de glace.

Dans ces nuages de mots, colorie en rouge ceux du champ lexical du feu, et en bleu ceux du champ lexical de la glace.

Quelle taille ?

Sais-tu combien mesurent les héros de Fairy Tail ?

Pour chaque personnage, coche la bonne unité.

A Happy

250 ☐ mm ☐ cm ☐ m

B Natsu

1,73 ☐ cm ☐ m ☐ km

C Grey

174 ☐ mm ☐ cm ☐ m

D Lucy

1680 ☐ mm ☐ cm ☐ m

E Carla

23 ☐ mm ☐ cm ☐ m

Message reçu !

Makarof fait un discours aux membres de la guilde Fairy Tail.

Souligne les verbes conjugués que tu trouves, et écris ensuite leur infinitif.

La force est importante, mais on doit l'utiliser avec précaution.

La magie ne s'improvise pas...

La magie nécessite une force de l'esprit

et une intense concentration.

La clé de voûte de la magie est de faire parler son cœur.

Le compte est bon

Mirajane doit régulièrement faire des calculs quand elle s'occupe des additions de ses clients.

Entoure les calculs qui sont corrects.

A

$$\begin{array}{r} 4\,234 \\ +\ 3\,802 \\ \hline 8\,036 \end{array}$$

B

$$\begin{array}{r} 7\,991 \\ +\ 1\,203 \\ \hline 9\,194 \end{array}$$

C

$$\begin{array}{r} 2\,432 \\ +\ 7\,390 \\ \hline 9\,822 \end{array}$$

D

$$\begin{array}{r} 4\,562 \\ +\ 2\,885 \\ \hline 7\,347 \end{array}$$

E

$$\begin{array}{r} 2\,845 \\ +\ 4\,230 \\ \hline 8\,075 \end{array}$$

Yum!

**La guilde de Fairy Tail est composée de gourmands.
Voici leurs aliments favoris.**

Écris le nom qui correspond sous chaque dessin.

fish • ice cream • soup • chicken
vegetables • bread • cheese • apple

A ....

B ....

C ....

D ....

E ....

F ....

G ....

H ....

Découpe tes fiches personnages !

FAIRY TAIL

Lucy

NOM : Heartfilia

PRÉNOM : Lucy

ÂGE : 17 ans

SURNOM : Aucun !

GUILDE : Fairy Tail

MAGIE : constellations

SIGNES DISTINCTIFS : ses longs cheveux blonds, son tatouage de la guilde sur la main droite

PERSONNALITÉ : amicale, confiante, pleine de bon sens (plus que certains autres membres de la guilde !)

ORIGINES : Elle est la riche héritière de la famille Heartfilia ; sa mère a disparu alors qu'elle était encore très jeune.

LUCY DÉTESTE : son père

ELLE AIME : les livres (à tel point qu'elle a décidé d'écrire un roman) et les esprits qui l'aident à combattre

JEUX

Mirajane adore cuisiner !

Aide-la à parcourir le labyrinthe pour aller chercher les ingrédients de sa nouvelle recette.

Un choix déterminant

Lucy a trouvé un texte au sujet de Plue.

Pour en découvrir un peu plus sur lui, barre les déterminants qui ne conviennent pas dans le texte ci-dessous.

Plue est l'un **des – du** esprits que peut invoquer Lucy.
C'est l'esprit de **la – le – les** Constellation **du – des – de** Chiot.
Bien que ce soit **une – un** chien, il a l'apparence d'un bonhomme de neige.
Il a **un – des – de** yeux ronds et **une – un** nez orange qui ressemble à **une – des – de** carotte.
Pour obtenir **les – la** clé de Plue, Lucy a déboursé mille joyaux.
La – Le – Les clé est en argent.

Équivalences

Toutes les récompenses des missions de la guilde ne se valent pas !

Compare les récompenses en ajoutant les signes >, < ou = .

Remplacer une fontaine *4 500 joyaux*	**A**	Garder des animaux *5 010 joyaux*
Pêcher des poissons volants *3 124 joyaux*	**B**	Enseigner la magie *3 124 joyaux*
Organiser un spectacle de magie *5 999 joyaux*	**C**	Chasser un tigre *9 500 joyaux*
Participer à une chasse au monstre *6 730 joyaux*	**D**	Participer à une chasse au trésor *1 870 joyaux*
Gagner le concours de Miss Fairy Tail *5 000 joyaux*	**E**	Inviter Happy à manger *500 joyaux*

Le texte de Lucy

Lucy adore lire et écrire. Mais elle a quelques soucis avec l'accord du pluriel.

Peux-tu aider à Lucy à accorder les mots quand c'est nécessaire dans le texte ci-dessous ?

Dans le royaume...... de Fiore, les guilde......

de magicien...... règnent sans partage.

Parmi eux, il existe certain...... mage......

appelés « Constellationniste...... ». Ceux-ci

peuvent invoquer les être...... magique......

vivant dans le Monde...... des Esprit...... à l'aide

de clé...... permettant d'ouvrir les porte......

qui y conduisent. Lucy Heartfilia,

excellente Constellationniste......,

détient dix des douze clé...... d'or.

Sacrée promenade !

Happy et Carla se rendent à l'auberge Clover, mais avant d'y arriver, ils ont plusieurs courses à faire.

Lis le texte ci-après et indique la distance parcourue en mètres par Happy et Carla.

Carla et Happy partent de Crocus, la capitale, parcourent 15 km en volant jusqu'à la boutique du tailleur d'Onibus, puis 725 m jusqu'à la gare de Kunugi, et enfin 7,80 km jusqu'à l'auberge de Shirotsume.

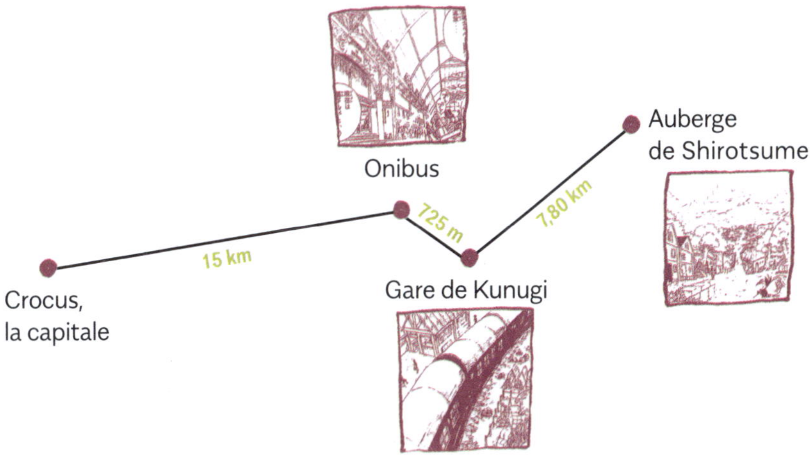

....

....

....

Hello friends!

À ton tour de jouer à l'auteur de manga !

Lis les phrases ci-dessous, et replace-les dans les bonnes bulles.

A *Outch, I am here, Natsu!*

B *Good morning, Natsu! How are you?*

C *Hello, dear Happy! I am fine, thanks!*

Bulle n° 1 : ....

Bulle n° 2 : ....

Bulle n° 3 : ....

JEUX

Connais-tu bien l'univers de Fairy Tail ?

Alors tu devrais facilement trouver la réponse à ces quelques définitions.

Horizontalement

A. Magie maîtrisée par Natsu.
B. L'élément de prédilection de Grey.
C. Le meilleur ennemi de Natsu.
D. Lucy en est une.
E. Erza peut en invoquer par magie.
F. Elle est surnommée « Titiana la Reine des fées ».

Verticalement

1. Chaque membre de Fairy Tail en est un.
2. Le nom du royaume où se déroule l'action de Fairy Tail.
3. Le meilleur ami de Happy.
4. Le chef de la guilde Fairy Tail, aussi surnommé « le vieux ».
5. Nom d'un regroupement de magiciens.
6. Lieu de réunion des chefs de guildes.

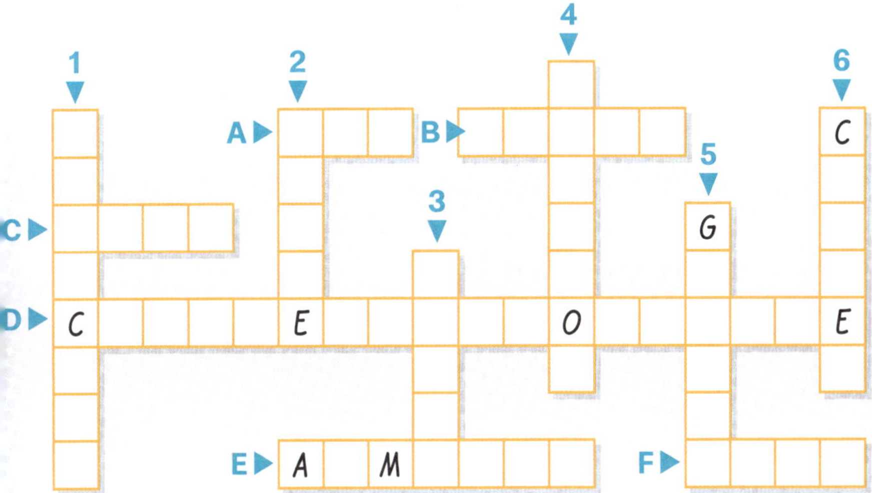

Apprenti mangaka

Leçon 2 Dessiner le nez et la bouche

Pour compléter les expressions du visage,
il faut ajouter un nez et une bouche !

Dans les mangas, les nez sont souvent très petits et la forme de la bouche est travaillée selon ce que fait ou dit le personnage :

Contente, en train de sourire

Déterminé, prêt pour le combat

Amusé, en train de rigoler

Entraîne-toi à reproduire le nez et la bouche des personnages sur la page de droite, en t'aidant des modèles en couleurs.

1. Commence par tracer le nez s'il y en a un (soit un simple trait droit, soit un trait oblique si le visage est de profil).
2. Maintenant, trace la forme de la bouche.
3. Termine en ajoutant les dents ou la langue si on les voit sur le modèle.

À toi de jouer !

L'avertissement d'Erza

Erza n'hésite pas à dire ce qu'elle pense aux membres de Fairy Tail.

Lis le texte suivant, et barre la forme verbale qui ne convient pas.

Natsu, Grey, je **voyais – verrai** Makarof demain, je **comptes – compte** bien lui rapporter votre comportement inadmissible. **C'est – Ce sont** toujours la même chose ! Vous **n'avaient – n'avez** donc rien d'autre à faire que de vous **disputait – disputer** ? La prochaine fois que je vous **surprends – surprend** en train de vous battre, vous **irons – irez** nettoyer toute l'auberge !

Un vrai trésor

Happy est très friand de poissons, et ce coffre en regorge !

Aide-le à ouvrir le cadenas en résolvant les calculs pour trouver le bon code.

(16 − 8) − (2 + 5)

(257 − 253) + 2

(4 × 2) − 5

....

(3 × 6) − 9

(4 + 3 + 2) − 4

(2 × 4) − 6

Une belle histoire...

Prends place... Lucy va te raconter l'histoire du royaume de Fiore.

À toi d'accorder les adjectifs (si nécessaire) de cette histoire pour qu'elle prenne toute sa saveur !

Fiore est un royaume ***(indépendant)*** .... , et sa ville la plus importante est Crocus. Les rues ***(coloré)*** .... débordent de boutiques toutes plus ***(attirant)*** .... les unes que les autres.

Il existe ***(différent)*** .... guildes, parmi lesquelles on compte des mages ***(aguerri)*** .... et des combattantes ***(acharné)*** ....

Fairy Tail est une guilde ***(légal)*** .... , mais d'autres ne le sont pas. Il y a la guilde Tartaros, une des trois guildes ***(noir)*** .... , composée de démons ***(cruel)*** ....

Mais c'est une autre histoire !

Vrai ou faux ?

Makarof veut vérifier les connaissances de Carla sur les formes géométriques.

Aide-la : pour chaque affirmation, indique si c'est vrai ou faux.

A Un carré a 4 côtés égaux.

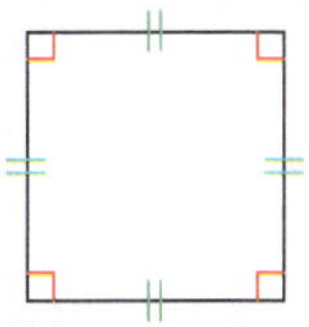

☐ Vrai ☐ Faux

B Un rectangle a 2 angles droits.

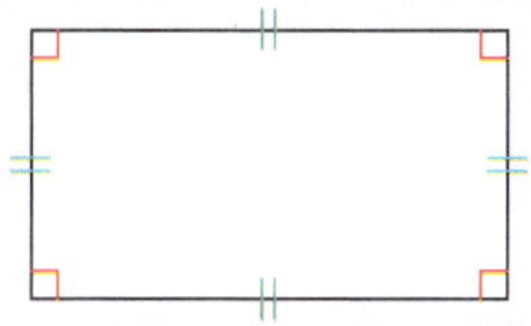

☐ Vrai ☐ Faux

C Un triangle rectangle a 2 angles droits.

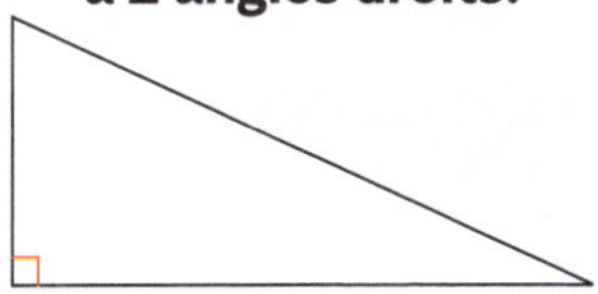

☐ Vrai ☐ Faux

D On construit un cercle à l'aide d'un compas.

☐ Vrai ☐ Faux

E Sur la figure ci-dessous, le trait rouge est le diamètre du cercle.

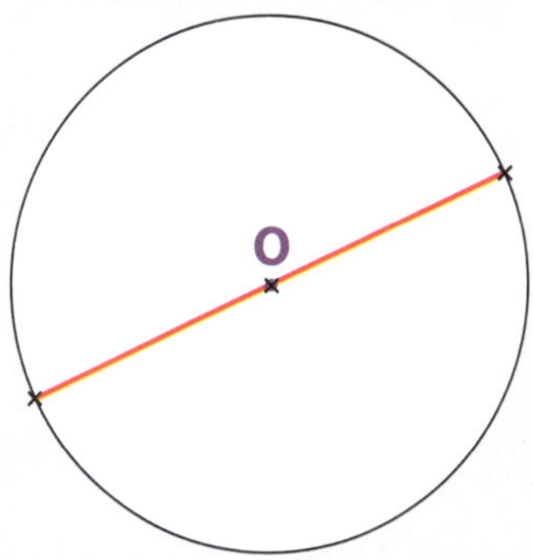

☐ Vrai ☐ Faux

Numbers

Natsu est doué pour la magie, mais un peu moins pour compter en anglais !

Relie les chiffres à leur écriture en anglais.

1

one

nine

2

6

five

3

two

7

4

six

8

three

5

seven

9

four

10

eight

ten

Découpe tes fiches personnages !

Mirajane

FAIRY TAIL

Mirajane

NOM :	Strauss
PRÉNOM :	Mirajane
ÂGE :	17 ans
SURNOM :	la Démone
GUILDE :	Fairy Tail
MAGIE :	la magie de Satan Soul
SIGNES DISTINCTIFS :	de longs cheveux blancs avec une couette au-dessus de la tête, souvent vêtue d'une robe rouge
PERSONNALITÉ :	généreuse, gentille. Mais elle peut aussi se transformer en démon !
ORIGINES :	Avant d'être la barmaid de l'auberge de Fairy Tail, elle fut mannequin.
MIRAJANE DÉTESTE :	que quelqu'un s'attaque à ceux qu'elle aime
ELLE AIME :	sa famille et ses amis

JEUX

Observe bien ces ombres... Seule l'une d'entre elles est parfaitement identique à ce superbe portrait de Luxus.

Entoure-la quand tu l'as trouvée.

Le test de Lily

Lily n'aime pas voir des fautes sur les annonces de missions à l'auberge !

Réponds aux questions de Lily pour savoir si cet Exceed te fera ou non les gros yeux !

1. Complète les mots au pluriel par **s** ou **x**.

A des joyau.......... B des livre.......... C des caillou..........

2. Transforme chaque mot au pluriel.

A un travail → ....

B un prix → ....

C un genou → ....

3. Transforme ces propositions au pluriel. Fais attention aux accords !

A un dragon féroce → ....

B un beau paysage → ....

C un bijou brillant → ....

4. Complète les mots avec **s**, **ss**, **c** ou **ç**.

A un gar..........on B une balan..........e

C une ro..........e D un pa..........ager

Le code

Natsu et Happy doivent résoudre des opérations afin de pouvoir ouvrir cette porte.

Effectue les multiplications. Puis additionne tous les résultats obtenus. Tu trouveras le code qui ouvre la porte !

Happy

4 × 2 =	8	→	8
9 × 5 =	....	→	+ ....
2 × 10 =	....	→	+ ....
4 × 8 =	....	→	+ ....
5 × 9 =	....	→	+ ....
7 × 8 =	....	→	+ ....
			= ....

Natsu

7 × 7 =	49	→	49
2 × 20 =	....	→	+ ....
8 × 5 =	....	→	+ ....
4 × 10 =	....	→	+ ....
6 × 4 =	....	→	+ ....
2 × 20 =	....	→	+ ....
			= ....

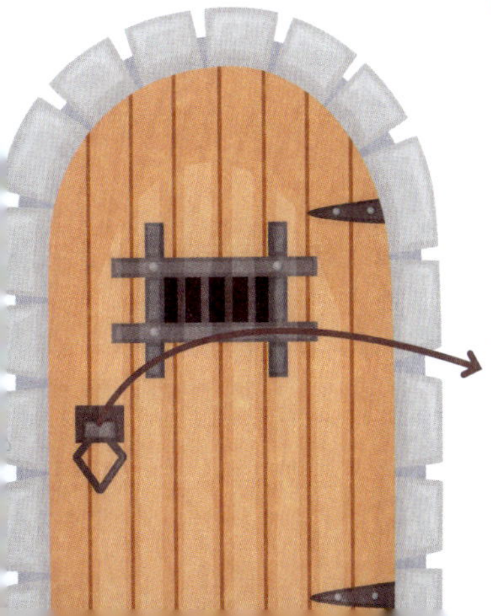

Loki et Lucy

Loki adore flatter Lucy. Voici quelques exemples de ce qu'il lui dit !

Colorie les phrases quand elles contiennent un verbe au futur.

A *Je t'emmènerai où tu voudras.*

B *Tu es resplendissante !*

C *J'admire ton pouvoir et ta détermination dans chaque quête.*

D *Je serai toujours là pour toi.*

E *Une Constellationniste m'a déjà brisé le cœur, promets-moi que tu ne le feras pas.*

F *Nous serons toujours heureux tant que nous serons ensemble.*

De beaux joyaux

Nos héros ont trouvé un sac rempli de joyaux. Sauras-tu reconnaître leur forme ?

Écris le nom de chaque forme à l'aide de la liste donnée.

cube • pyramide • cylindre
boule • pavé droit • cône

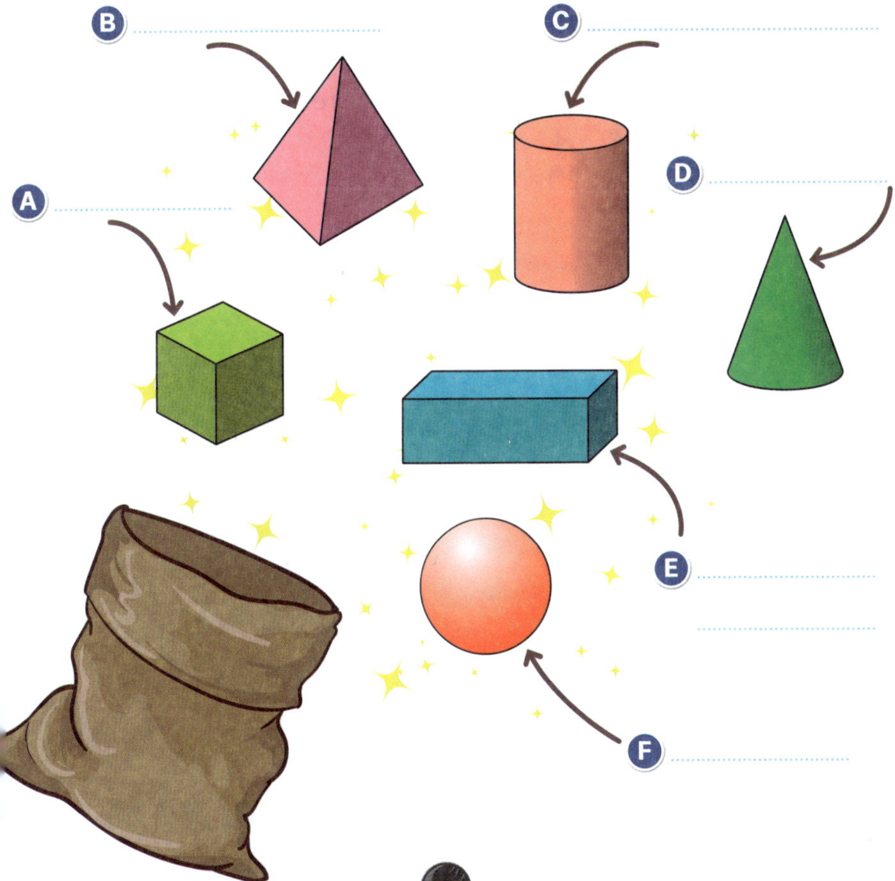

Emotions

Nos héros expriment tous quelque chose de différent...

Écris sous chaque vignette l'humeur des personnages de Fairy Tail.

tired • cold • sad • ill • angry • happy

A

B

C

D

E

F

JEUX

Observe ce superbe portrait de nos amis de Fairy Tail.

Il manque quelques pièces à ce puzzle. Relie chaque pièce au bon emplacement. Attention, il y a peut-être des pièces en trop !

Apprenti mangaka

Leçon 3 Dessiner les cheveux

Maintenant que tu sais dessiner les yeux, les nez et les bouches, dessine les cheveux !

Une coupe de cheveux bien particulière va permettre de caractériser un personnage et aider à le reconnaître facilement :

Wendy :
des cheveux longs, bleus et attachés en couettes

Natsu :
des cheveux en pics, en l'air

Léo :
des cheveux en pics, vers le visage

Entraîne-toi à reproduire les cheveux des personnages sur la page de droite, en t'aidant des modèles en couleurs.

1. Commence par reproduire le contour de la coupe (en pics, droite...).
2. Maintenant, dessine les mèches afin de donner du volume à la chevelure.
3. Termine en donnant de la couleur aux cheveux !

À toi de jouer !

L'histoire d'Erza

Voici un texte présentant Erza Scarlett.

Complète-le en conjugant les verbes au bon temps.

Erza Scarlett (***être*** / *présent*) .... de la guilde Fairy Tail. Elle (***être*** / *présent*) .... l'un de ses membres les plus forts. La plupart du temps, elle (***porter*** / *présent*) .... une armure. Sous son air effrayant, elle (***pouvoir*** / *présent*) .... aussi se montrer sensible. C'est Erza qui (***expliquer*** / *passé composé*) .... à Natsu beaucoup de choses quand il (***intégrer*** / *passé composé*) .... la guilde. Amoureuse de Gerald Fernandez, elle (***être*** / *passé composé*) .... obligée de l'affronter, et Natsu (***venir*** / *passé composé*) .... l'aider.

Catastrophes en série

La guilde Fairy Tail est connue pour le talent de ses magiciens, mais aussi pour les dégâts qu'ils font.

Résous le problème ci-dessous.

La dernière quête de Fairy Tail a rapporté 7 500 joyaux !

Mais il faut déduire le prix :

- d'un vase cassé (2 515 joyaux) ;
- d'un service de vaisselle brisé en morceaux (460 joyaux).

Combien nos amis ont-ils finalement gagné après avoir tout remboursé ?

Tu peux poser tes calculs ici :

Histoires de temps

Quand les membres de la guilde se réunissent à l'auberge, ils aiment se raconter des histoires.

Classe les phrases entendues lors de leurs conversations dans le tableau.

Passé	Présent	Futur
....	....	....

A *Malgré leur rivalité, Natsu et Grey ont souvent fait équipe.*

B *Happy est un Exceed qui vient d'une île volante appelée Extalia.*

C *Happy participera à la prochaine quête de Natsu et Lucy.*

D *Mirajane est surnommée la Démone.*

E *Makarof fera un discours dans quelques jours.*

F *Natsu a encore eu le mal des transports lors de sa dernière quête.*

Compare les poids

Natsu et Grey ont besoin d'aller rapidement à leur prochaine misson. Happy se propose de porter le plus léger des deux.

Indique le poids de chacun pour savoir qui aura le droit de voyager dans les airs !

C'est donc .... qui voyagera avec Happy !

Lucy

Lucy a l'air bien décidée... Mais que dit-elle ?

Utilise les morceaux déchirés pour reconstituer les trois phrases. Aide-toi des couleurs.

kitchen!

you!

the garden?

Happy, are

I have

fish for

Happy, come

some

into the

you in

Découpe tes fiches personnages !

FAIRY TAIL

Grey

NOM : Fullbuster

PRÉNOM : Grey

ÂGE : 18 ans

SURNOM : Ice Boy

GUILDE : Fairy Tail

MAGIE : magie de la glace

SIGNES DISTINCTIFS : ses cheveux noirs, son tatouage de la guilde sur le pectoral droit, ses muscles (qu'il montre très souvent car il a la manie de se déshabiller à tout bout de champ)

PERSONNALITÉ : calme, mystérieux, imprévisible et intelligent

ORIGINES : Orphelin, il a été recueilli par Oul qui lui a appris la magie de la glace.

GREY DÉTESTE : danser

IL AIME : sa guilde, la bagarre, qu'on le laisse tranquille

JEUX

Pour se détendre entre deux quêtes, rien ne vaut un petit jeu !

Voici une grille, des mots à caser… et deux mots mystères à trouver !

8 lettres	7 lettres	6 lettres	5 lettres	4 lettres
MIRAJANE	MAKAROF	CLOVER	HAPPY	ERZA
	MISTGUN	GUILDE	LUXUS	GREY
		ZELEPH	NATSU	LUCY
				PLUE

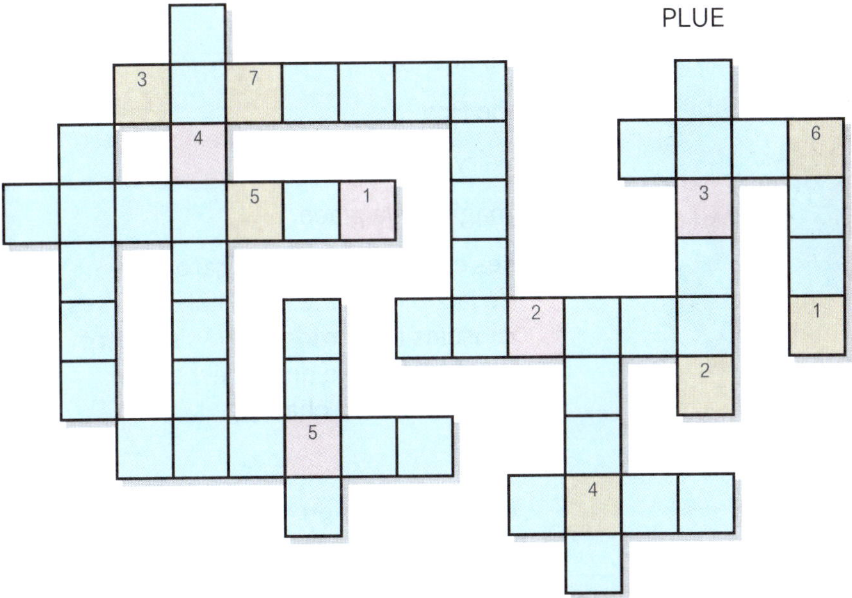

1 2 3 4 5 6 7

……… ……… ……… ……… ……… ……… ………

1 2 3 4 5

……… ……… ……… ……… ………

Qui est Ignir ?

Voici un texte qui t'en apprendra un peu plus sur Ignir, le père de Natsu.

Dans chaque phrase, colorie les mots bien orthographiés.

Le [draguon] [dragon] de feu Ignir [est] [et] le père adoptif de Natsu, le mage chasseur de dragon qui maîtrise la [magie] [maguie] du feu.

Enfant, Natsu [à] [a] été élevé aux [côtés] [kôtés] d'Ignir, qui lui a [enseigné] [emseigné] la magie du chasseur de dragon de feu, mais aussi la lecture [et] [est] l'écriture.

Ignir est gigantesque.

[Sont] [Son] corps est recouvert d'écailles rouge [foncé] [fomcé].

Zeleph lui aurait [comfié] [confié] Natsu pour qu'il apprenne sa magie.

Bien que disparu, Ignir s'adresse de [tenps] [temps] à autre à Natsu [quand] [quamd] il combat ses opposants.

Question de temps

Lucy a fait quelques essais vestimentaires... qui ont pris un certain temps !

Calcule la durée totale de ses essayages, sachant :

- qu'elle a commencé à **8 h 30** ;
- qu'elle a mis **45 minutes** à choisir et à enfiler deux tenues ;
- qu'elle a changé d'avis et qu'elle a finalement opté pour un short et un débardeur au bout de **1 h 20** ;
- ... pour enfin choisir la tenue qu'elle arbore ici après **35 minutes** d'hésitation.

A Combien de temps a-t-elle mis au total ?

....

B Quelle heure est-il à la fin de ses essayages ?

....

Tu peux poser tes calculs ici :

Le discours d'Erza

Erza n'aime pas que l'on déroge aux règles de la guilde, et elle le fait savoir !

Classe les phrases de son discours.

- **A** Je suis en colère !
- **B** Je ne voulais pas que vous remplissiez cette mission.
- **C** Natsu, pourquoi tu as désobéi aux ordres ?
- **D** Happy, ne t'en va pas pendant que je parle !
- **E** Lucy, tu as été parfaite durant cette mission.
- **F** Grey, est-ce que tu pensais vraiment que cette mission était pour toi ?
- **G** Pensez-vous vraiment mériter une récompense ?

Phrases déclaratives → ....

Phrases interrogatives → ....

Phrases impératives → ....

Phrases exclamatives → ....

Le gagnant !

Natsu a gagné un trophée !

Trace le symétrique de ce trophée.

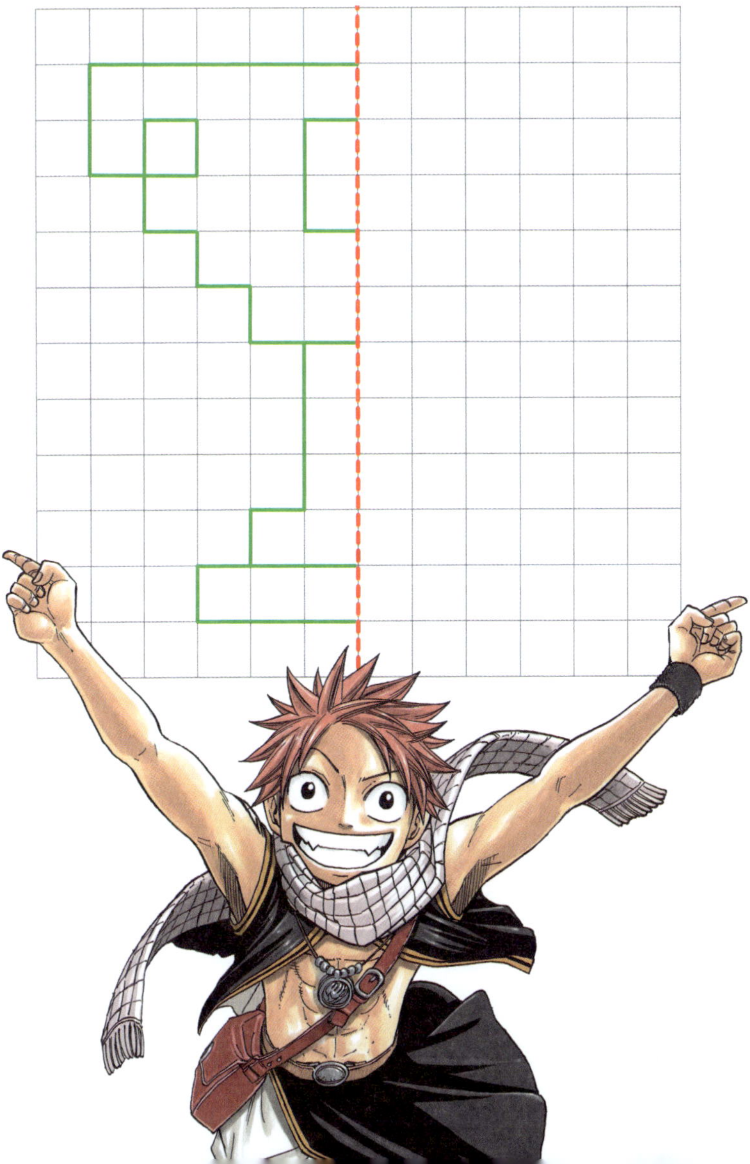

In the house

Wendy a besoin de ton aide pour répondre à ce quiz !

Pour chaque proposition, coche la bonne réponse.

A

Pour dire « cuisine », on dit :

☐ bathroom
☐ kitchen

B

Si je dis que je vais « in the bedroom », c'est que je vais :

☐ dans le salon
☐ dans la chambre

C

Pour jardiner, je vais :

☐ in the garden
☐ in the garage

D

C'est la pièce où l'on prend sa douche :

☐ bathroom
☐ living room

Jeux

Observe bien ce portrait de Natsu, Lucy et Happy en plein vol. Un mage aurait-il joué un tour au moment de dupliquer la photo ?

Entoure les 5 différences sur la seconde photo.

Apprenti mangaka

Leçon 4 Créer ses personnages

Maintenant que tu maîtrises les règles pour dessiner les visages... laisse parler ton imagination !

Pour t'inspirer, regarde ces personnages de l'univers de *Fairy Tail* avec des looks bien particuliers :

Luxus Rog Yukino

Complète comme tu le souhaites les visages sur la page de droite.

1. Dessine les yeux (grands, ouverts, avec un clin d'œil, presque fermés...).
2. Puis occupe-toi du nez (très petit ou un peu plus présent...) et de la bouche (fermée et vers le bas, fermée avec un sourire, grande ouverte...).
3. Termine en créant une coupe de cheveux inédite : longue, courte, raide, ondulée...

Tu peux t'inspirer des différentes images de ce cahier !

À toi de jouer !

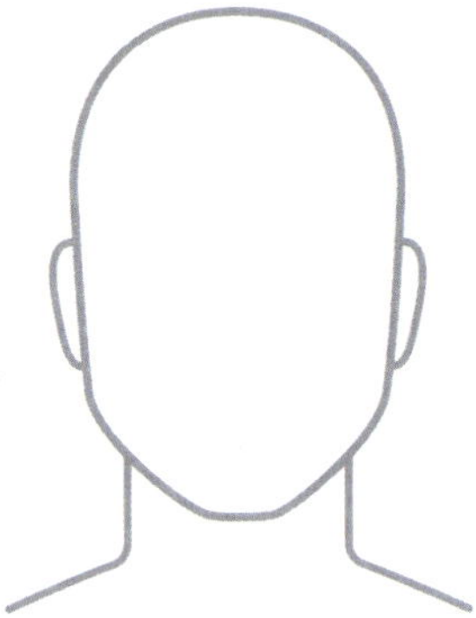

C'est ma mission !

Voici les ordres de mission épinglés à l'auberge. Tous courent voir ce qu'ils proposent !

Dans chaque annonce, entoure le verbe être et le verbe avoir lorsqu'ils sont conjugués.

A *Nous sommes à la recherche d'un mage pour chasser les esprits maléfiques dans une maison.*

B *Un commerçant a besoin d'aide. Auras-tu assez de force ?*

C *Tu aimes les défis ? Les habitants de Lupinas auront du travail pour toi au château demain.*

D *Si tu as du temps (et que tu veux des joyaux), passe donc au port d'Harujion.*

E *On est à la recherche d'un mage puissant pour un coup de main.*

F *Si tu es disponible, viens donc nous aider à anéantir le clan des voleurs de Devon.*

G *Les habitants de Fiore ont une mission très simple. Peux-tu venir ?*

Distribution !

Happy a décidé de partager son butin avec ses amis.

Lis bien ce que dit Happy pour pouvoir répondre aux questions.

J'ai gagné 45 pièces et 22 joyaux.

Je veux les partager entre Lucy, Natsu et moi.

A Combien chacun des personnages aura-t-il de pièces ?

....

....

....

B Combien chacun des personnages aura-t-il de joyaux ?

....

....

....

Il restera .... joyau(x).

Photo de groupe

Voici une magnifique photo de la guilde !

Complète le texte descriptif qui accompagne cette photo en conjuguant les verbes entre parenthèses au temps indiqué.

Lucy (***porter*** / *imparfait*) .... son plus beau kimono.

Comme toujours, Grey ne (***pouvoir*** / *imparfait*) .... pas garder longtemps ses vêtements.

Happy (***se trouver*** / *imparfait*) .... sur la tête de Natsu, mais il (***aller*** / *passé composé*) .... sans doute près de Carla une fois la photo prise !

Wendy (***être*** / *imparfait*) .... devant Natsu.

Comme lui, elle (***être*** / *passé composé*) .... élevée par un dragon.

Si Erza avait vu à l'avance ce que Natsu et Happy (***préparer*** / *imparfait*) .... comme bêtise, elle aurait été peut-être moins souriante...

Coloriage magique

Multiplier les bêtises, Natsu sait faire...

Et si tu lui redonnais ses couleurs en résolvant ces quelques opérations ? Il te suffit de trouver la réponse à ces calculs et de suivre le code couleur.

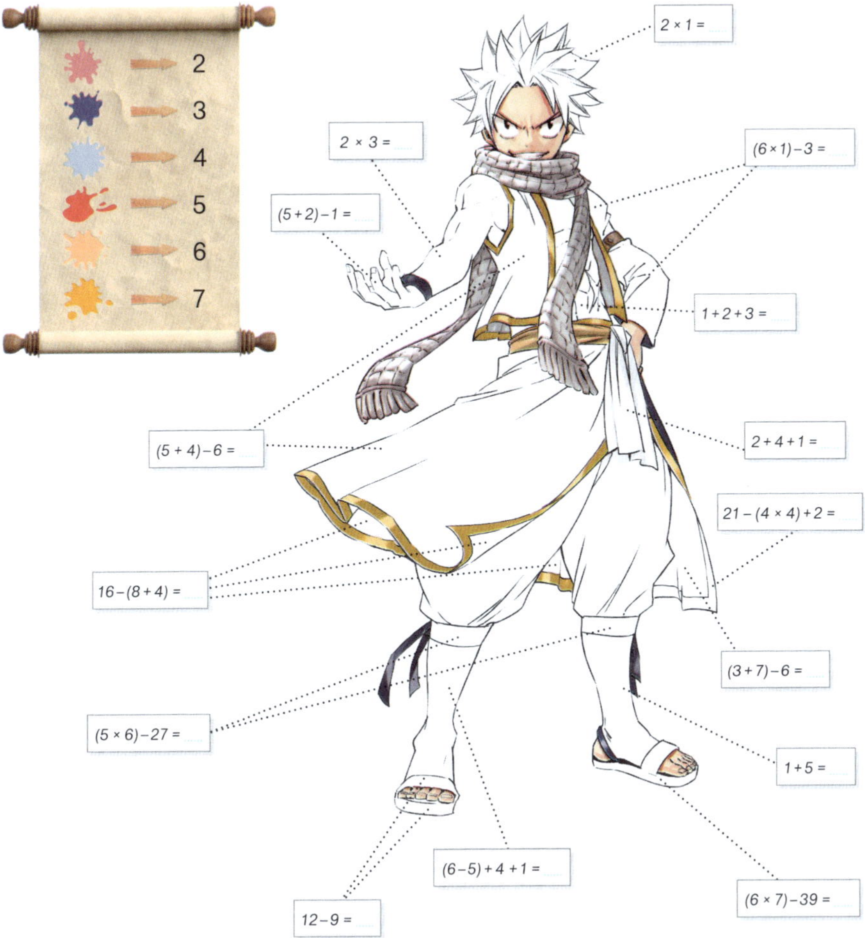

Hello friends!

Que disent Lucy, Natsu et Happy ?

Remets les mots de chaque bulle dans l'ordre pour reformer les phrases.

fine, | HUNGRY! | so | am | but I | I am

....

....

....

boys! | How are | today? | you | Hello

....

....

....

fish! | well. I need | Good | Lucy! I am | not very | morning,

....

....

....

Découpe tes fiches personnages !

FAIRY TAIL

Happy

NOM :	Happy
ÂGE :	8 ans
PARTICULARITÉ :	C'est un Exceed, une créature ressemblant à un chat.
GUILDE :	Fairy Tail
MAGIE :	aera (qui lui permet de voler)
SIGNES DISTINCTIFS :	un petit nœud vert autour du cou, et un sac à dos contenant du poisson
PERSONNALITÉ :	Il aime souvent taquiner ses amis, et sait se montrer courageux quand il le faut.
ORIGINES :	Il provient d'Extalia. Il n'a pas quitté Natsu depuis qu'il est né.
HAPPY DÉTESTE :	ne pas être considéré comme un mage, comme les autres membres de la guilde
IL AIME :	Carla, l'Exceed de Wendy, à qui il tente toujours d'offrir du poisson

JEUX

La guilde Fairy Tail a un mot à te dire !

Sauras-tu déchiffrer son message ? Il y a déjà quelques lettres placées pour t'aider.

Corrigés

Page 4

Happy **est** un chat bleu avec un ventre blanc. Il **peut** voler et parler. C'est un Exceed qui **arrive** d'Edolas, un monde parallèle. Happy **apprécie** la compagnie de Natsu, et Lucy **se moque** souvent de lui. Happy **adore** le poisson. Il en **garde** toujours dans son sac vert.

Page 5

A. Il faut additionner les différentes récompenses du texte, soit :

1 000 + 2 500 + 500 + 600
= **4 600**

Happy aurait pu gagner **4 600 joyaux** s'il avait ramené toutes les annonces.

B. La méthode la plus simple est de soustraire les récompenses des annonces perdues par Happy :

4 600 – 600 = **4 000**

Happy peut finalement gagner **4 000 joyaux**.

Page 6

A. Grey, je ne t'admire pas tellement !
B. Tu n'es pas le plus doué des mages.
C. Tu as besoin d'en apprendre plus.
D. Ton intelligence ne surpasse pas la mienne.

Page 7

Poisson : **4 × 5 = 20**
Poulet : **6 × 3 = 18**
Soupe de nouilles : **3 × 4 = 12**
Légumes : **5 × 7 = 35**
Boissons : **2 × 6 = 12**
Dessert : **7 × 8 = 56**
Total : **153**

Page 8

Erza : **red/grey** ; Natsu : **pink/blue** ; Lucy : **brown/yellow**.

Page 11

Page 12

Noms propres → Noms communs
Natsu Dragnir → le mage
Luxus Draer → le chasseur de dragons
Gajil Redfox → l'amateur de combats
Wendy Marvel → la prêtresse
Happy → le chat

Page 13

soixante-douze   8 × 9
7 dizaines 2 unités
12 + 40 + 8 + 7 + 5   (7 × 10) + (2 × 1)

6 × 9   cinquante-quatre   54
5 + 9 + 30 + 6 + 4   (5 × 10) + (2 × 2)

L'intrus est : **53**.

Page 14

feu → glace ; maléfique → bienveillant ; force → douceur ; amitié → haine ; cruauté → humanité ; égoïste → généreux ; endormir → réveiller ; ange → démon.

Page 15

73 → soixante-treize ;
392 → trois cent quatre-vingt-douze ;
154 → cent cinquante-quatre ;
24 → vingt-quatre ; 3 → trois ;
4 → quatre ; 1 000 → mille

Page 16

A. shoulder ; **B.** head ; **C.** knee ; **D.** hand ; **E.** finger ; **F.** leg ; **G.** arm ; **H.** foot.

Corrigés

Page 17

Le mot mystère est **NIKOLA** (c'est l'autre nom de Plue).

Page 20

Il fallait colorier en **rouge** : flamme ; brûlure ; chaleur ; incendie ; rôtir ; brûler ; fournaise ; chauffer.

Il fallait colorier en **bleu** : hiver ; givre ; congeler ; glaçon ; glacier ; froid ; neige.

Page 21

A. 250 mm ; B. 1,73 m ; C. 174 cm ; D. 1 680 mm ; E. 23 cm.

Page 22

La force est **(être)** importante, mais on doit **(devoir)** l'utiliser avec précaution. La magie ne s'improvise **(s'improviser)** pas… La magie nécessite **(nécessiter)** une force de l'esprit et une intense concentration. La clé de voûte de la magie est **(être)** de faire parler son cœur.

Page 23

Il fallait entourer les opérations : A ; B ; C.

Pour les opérations D et E, les bonnes réponses sont : D. 7 447 ; E. 7 075.

Page 24

A. apple ; B. soup ; C. fish ; D. chicken ; E. cheese ; F. ice cream ; G. bread ; H. vegetables.

Page 27

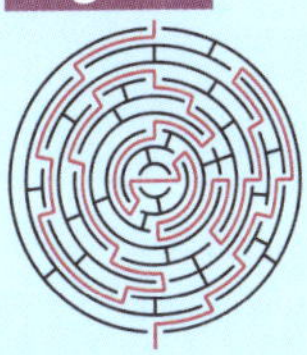

Page 28

Plue est l'un **des** esprits que peut invoquer Lucy. C'est l'esprit de **la** Constellation **du** Chiot. Bien que ce soit **un** chien, il a l'apparence d'un bonhomme de neige. Il a **des** yeux ronds et **un** nez orange qui ressemble à **une** carotte. Pour obtenir **la** clé de Plue, Lucy a déboursé mille joyaux. **La** clé est en argent.

Page 29

A. < ; B. = ; C. < ; D. > ; E. >.

Page 30

Dans le royaume de Fiore, les guilde**s** de magicien**s** règnent sans partage. Parmi eux, il existe certain**s** mage**s** appelés « Constellationniste**s** ». Ceux-ci peuvent invoquer les être**s** magique**s** vivant dans le Monde des Esprit**s** à l'aide de clé**s** permettant d'ouvrir les porte**s** qui y conduisent. Lucy Heartfilia, excellente Constellationniste, détient dix des douze clé**s** d'or.

Page 31

Pour plus de facilité, additionne déjà : 15 km + 7,80 km = 22,80 km.

Convertis ensuite les kilomètres en mètres : 22,80 km = 22 800 m.

Puis ajoute la distance restante : 22 800 m + 725 m = 23 525 m. Happy et Carla ont parcouru : **23 525 m**.

Page 32

Bulle n° 1 : B ; bulle n° 2 : A ; bulle n° 3 : C.

Corrigés

Page 33

Page 36

Natsu, Grey, je **verrai** Makarof demain, je **compte** bien lui rapporter votre comportement inadmissible. **C'est** toujours la même chose ! Vous **n'avez** donc rien d'autre à faire que de vous **disputer** ? La prochaine fois que je vous **surprends** en train de vous battre, vous **irez** nettoyer toute l'auberge !

Page 37

Le code est : **915623**.

Page 38

Fiore est un royaume **indépendant**, et sa ville la plus importante est Crocus. Les rues **colorées** débordent de boutiques toutes plus **attirantes** les unes que les autres. Il existe **différentes** guildes, parmi lesquelles on compte des mages **aguerris** et des combattantes **acharnées**. Fairy Tail est une guilde **légale**, mais d'autres ne le sont pas. Il y a la guilde Tartaros, une des trois guildes **noires**, composée de démons **cruels**. Mais c'est une autre histoire !

Page 39

A. vrai ; B. faux ; C. faux ; D. vrai ; E. vrai.

Page 40

1 → one ; 2 → two ; 3 → three ; 4 → four ; 5 → five ; 6 → six ; 7 → seven ; 8 → eight ; 9 → nine ; 10 → ten.

Page 43

La bonne ombre est : E.

Page 44

1. A. des joyau**x** ; B. des livre**s** ; C. des caillou**x**.

2. A. des travaux ; B. des prix ; C. des genoux.

3. A. des dragons féroces ; B. des beaux paysages ; C. des bijoux brillants.

4. A. un gar**ç**on ; B. une balan**c**e ; C. une ro**s**e ; D. un pa**ss**ager.

Page 45

Happy : 8 + 45 + 20 + 32 + 45 + 56 = **206**

Natsu : 49 + 40 + 40 + 40 + 24 + 40 = **233**

Le code est : **206 233**.

Page 46

Il fallait colorier les phrases : A ; D ; E et F.

Page 47

A. cube ; B. pyramide ; C. cylindre ; D. cône ; E. pavé droit ; F. boule.

Page 48

A. happy *(content)* ; B. angry *(en colère)* ; C. tired *(fatigué)* ; D. ill *(malade)* ; E. sad *(triste)* ; F. cold *(froid)*.

Corrigés

Page 49

Page 52

Erza Scarlett **est** de la guide Fairy Tail. Elle **est** l'un de ses membres les plus forts. La plupart du temps, elle **porte** une armure. Sous son air effrayant, elle **peut** aussi se montrer sensible. C'est Erza qui **a expliqué** à Natsu beaucoup de choses quand il **a intégré** la guilde. Amoureuse de Gerald Fernandez, elle **a été** obligée de l'affronter, et Natsu lui **est venu** en aide.

Page 53

Additionne d'abord le montant des objets qu'ils ont cassés :
2 515 + 460 = 2 975.

Puis, soustrais ce résultat à la somme qu'ils ont gagnée :
7 500 – 2 975 = 4 525.

Nos amis ont donc finalement gagné **4 525 joyaux**.

Page 54

Passé	Présent	Futur
A ; F	B ; D	C ; E

Page 55

Natsu pèse **65 kg**, et Grey **70 kg**. C'est donc **Natsu** qui voyagera avec Happy !

Page 56

Bulle jaune : **Happy, are you in the garden?** *(Happy, es-tu dans le jardin ?)*
Bulle verte : **Happy, come into the kitchen! I have some fish for you!** *(Happy, viens dans la cuisine ! J'ai du poisson pour toi !)*

Page 59

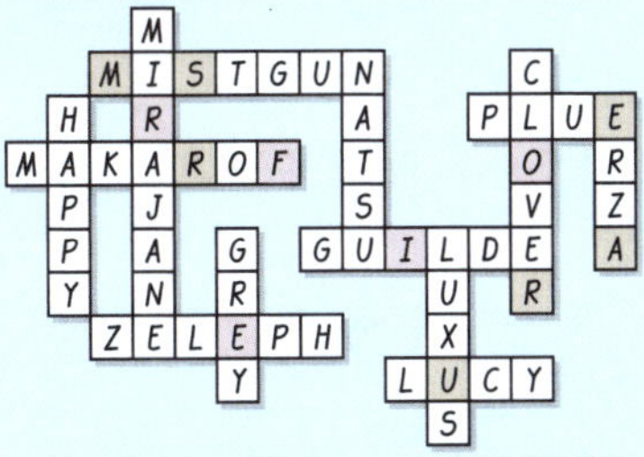

Les mots mystères sont : **ARMURES** et **FIORE**.

Page 60

Le **dragon** de feu Ignir **est** le père adoptif de Natsu, le mage chasseur de dragon qui maîtrise la **magie** du feu. Enfant, Natsu **a** été élevé aux **côtés** d'Ignir, qui lui a **enseigné** la magie du chasseur de dragon de feu, mais aussi la lecture **et** l'écriture. Ignir est gigantesque. **Son** corps est recouvert d'écailles rouge **foncé**. Zeleph lui aurait **confié** Natsu pour qu'il apprenne sa magie. Bien que disparu, Ignir s'adresse de **temps** à autre à Natsu **quand** il combat ses opposants.

Page 61

A. Il faut convertir toutes les durées en minutes, soit :
1 h 20 → 60 min et 20 min
Puis on additionne toutes les durées en minutes : 45 + 60 + 20 + 35 = 160 min.
160 minutes correspondent à 2 heures et 40 minutes.
Lucy a mis au total **2 heures et 40 minutes**.

Corrigés

B. 8 h 30 + 45 min = 9 h 15
9 h 15 + 1 h 20 = 10 h 35
10 h 35 + 35 min = 11 h 10
Lucy a terminé ses essayages à **11 h 10**.

Page 62

Phrases déclaratives : B ; E.
Phrases interrogatives : C ; F ; G.
Phrases impératives : D.
Phrases exclamatives : A.

Page 63

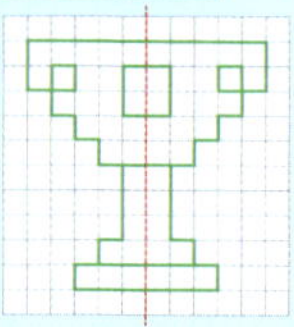

Page 64

A. *kitchen* ; **B.** dans la chambre ;
C. *in the garden* ; **D.** *bathroom.*

Page 65

Page 68

A. sommes ; B. a – Auras ; C. auront ;
D. as ; E. est ; F. es ; G. ont.

Page 69

A. 3 × 15 = 45

Chaque personnage aura **15 pièces**.

B. 3 × 7 = **21**

Chaque personnage aura **7 joyaux**.

22 – 21 = **1**

Il restera **1** joyau.

Page 70

Lucy **portait** son plus beau kimono. Comme toujours, Grey ne **pouvait** pas garder longtemps ses vêtements. Happy **se trouvait** sur la tête de Natsu, mais il **est allé** sans doute près de Carla une fois la photo prise ! Wendy **était** devant Natsu. Comme lui, elle **a été** élevée par un dragon. Si Erza avait vu à l'avance ce que Natsu et Happy **préparaient** comme bêtise, elle aurait été peut-être moins souriante...

Page 71

Page 72

Lucy : ***Hello boys! How are you today?*** *(Salut les garçons ! Comment allez-vous aujourd'hui?)*

Natsu : ***I am fine, but I am so HUNGRY!*** *(Je vais bien, mais j'ai tellement FAIM !)*

Happy : ***Good morning, Lucy! I am not very well. I need fish!*** *(Bonjour, Lucy ! Je ne vais pas très bien. J'ai besoin de poisson !)*

Page 75

Merci d'avoir joué avec nous ! Passe de belles vacances !

Couverture et conception maquette intérieure : Hung Ho Thanh
Édition : Emmanuelle Saint
Images hors licence : © Shutterstock
www.parascolaire.hachette-livre.com